青春如雾

高中生的诗情画意

主　　编：王意如

执 行 主 编：范少琳

执行副主编：陈　瑶

花前自笑童心在

王意如

在重要的选拔性考试中，作文题的要求往往是："文体不限（诗歌除外）。"为什么要把诗歌拒之门外呢？2019年1月6日，在南京举行的第十二届江苏省中小学诗歌竞赛总决赛的颁奖典礼上，作家毕飞宇坦言，诗歌重现盛唐时代的辉煌，既不可能，也没必要。诗歌的本质是农业文明，农业文明过去了，诗歌作为当时的文化符号其实也就过去了。当然，诗歌作为瑰宝，在我们的文化体系里，永远存在着。

在一个诗歌的盛会上，如此不带感情色彩地来谈诗，毕飞宇是令人敬佩的。他说出的是文学发展的一个事实：一代有一代之文学。然而，有一件事，让人觉得特别奇怪，那就是：无论唐诗的年代过去了多久，中国的小孩永远是背着"鹅鹅鹅"长大的。更有意思的是，孩子堆里总会传出一些让人啼笑皆非的歌谣："大头大头，下雨不愁……""小皮球，小小来，落地开花二十一……"等，这些除了节奏和韵律之外几乎毫无意义的歌谣往往能不胫而走，在孩子们中间口口相传。为什么？答案之简单，可能反倒让我们意想不到：因为诗歌就是人类的童心。

《吴越春秋》记载了一首相传是黄帝时代的歌谣，只有八个字："断竹，续竹，飞土，逐宍。"这首古老的诗就像孩子们嘴里唱的歌谣一样，几乎没有什么深意，吟唱它的全部乐趣，就在于节奏。这里全是双音节的音顿，一重一轻，和我们吐纳的一呼一吸、运动的一张一弛配合默契，快感就来自这种天衣无缝的协调。所以，诗歌就是我们的呼吸。只要人类在呼吸，诗歌大概就会永远存在下去。

除了节奏，韵律也是诗歌的魅力之一。当某个音有规律地出现在我们念诵的语句中的时候，毫无疑问会带来愉悦的感觉。不然，我们就无法理解为什么孩子起哄说"一歇哭，一歇笑，两只眼睛开大炮"时会那么快乐；无法理解刘姥姥那么个"粗鄙"的庄稼人，也知道在"中间'三四'绿配红"之后跟着说"大火烧了毛毛虫"。这种由发音器官在一定的时候做出同样的动作所带来的快感，几乎是天生的。

再有，就是诗是允许表达感觉的。在生活中，我们时常会心有所动，为一阵风，为一朵花，但这种感觉往往微妙而散乱，是做不出高头讲章的，但诗可以，可以把我们的感觉或精准或含蓄地表达出来。比如，"野旷天低树"，没有人会去和诗人争论，天怎么会比树还低呢？诗歌不是逻辑，诗歌是直觉。它让我们放下理性思考，像天真的孩子一样，表达我们最天然的情感。这种"心中一动"的感觉是如此美妙，说出来，就是一种享受。

还有，诗歌是允许想象的。在诗的世界里，可以心骛八方，可以魂飞天外；白发可以"三千丈"，海水可以"杯中泻"；"我"可以是"天空里的一片云"，"我"也可以是一只"把月来吞了"的天狗。当我们跃出了生活的藩篱，当我们摆脱了现实的束缚，我们是多么自由呀，谁不想享有这一份自由自在的快乐呢？

所以，人类大概永远不会离开诗歌。当我们寻寻觅觅，追求着愉悦、快乐、天然和超脱时，蓦然回首，就会对着诗歌由衷地道一声：哦，原来你也在这里！原来诗歌就是我们，我们就是诗歌。

如果说诗是人类的本心，那么，离本心最近的，则是儿童。明代学者李贽说："夫童心者，绝假纯真，最初一念之本心也。若失却童心，便失却真心；失却真心，便失却真人。人而非真，全不复有初矣。童子者，人之初也；童心者，心之初也。"儿童的世界是最有诗意的。陆游曾有诗云："花前自笑童心在，更伴群儿竹马嬉。"这位至死仍抱拳拳之心的诗人，他的热忱，他的至情至性，他的"六十年间万首诗"，应该就和童心有关吧。

回到开头的话题，为什么重要的选拔性考试都拒绝诗歌呢？我相信最主要的原因是评价尺度的问题。选拔性考试所要求的公平公正，在诗歌这种充满灵性而不拘一格的形式面前是无力的。"床前明月光"和《封建论》放一起确实难分轩轾。这并不等于说诗歌不重要，正相反，诗是人类心灵的歌唱，诗是语言最美的华章，诗为我们保留了最纯真的初心。为此，我们特意在《中文自修》杂志上为诗歌保留了一席之地。中学生的诗收录于"五色石"栏目，小学生的诗收录于"月亮船"栏目。在这些栏目里，我们读到了很多出自中小学生手笔的可爱的诗歌。这次我们把它们结集出版，希望这些诗句化作美丽的彩蝶，飞入千家万户，唤起我们的初心，为我们带来乐趣，也带来追求美好生活的勇气和力量。

"花前自笑童心在。"亲爱的朋友，当我们站在大自然面前，当我们面对纷繁复杂的生活时，让我们问一问自己：我的童心、我的初心、我的本心，它们还安好吗？

是为序。

2019 年元月

目　录

花开四季

漫步云端

时光流影

万物生长

青春万岁

沿途风光

古韵悠长

无题

蔡殷琪　上海市金山中学

漆黑的夜空
划过一簇流星
绽放出最炫丽的光
倏忽却又陨落
一切归于黯淡

发烫到极致的骄傲
终究敌不过命运的安排
她
比烟花寂寞

无题

李家菶　上海市风华中学

君可知阵阵花香何处来，
清秋芬芳桂花开，
翘首盼，盼得归期已至
无人还

君不知阵阵秋风何处达，
清冷寂寥抵人心，
多日待，待到来年花开
心未寒

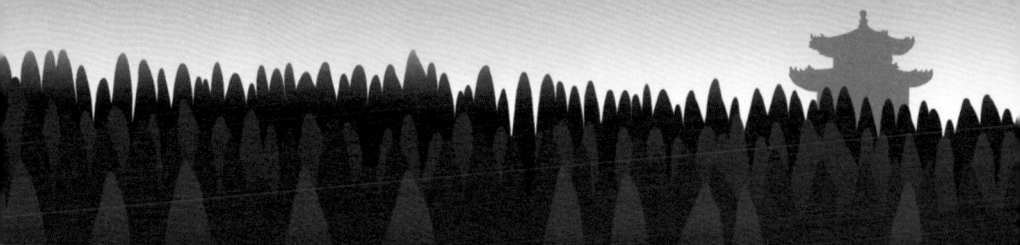

无题

黄笑亿　上海市市西中学

小船渐瘦，守候多久
那一朵日落开在你的明眸
邂逅余晖的离愁

楼台渐锈，几句承诺有点旧
一宿雨落在你的檐头
落寞，洗净原本的酒窝

回忆的唇，说离分相遇
走过多少桥廊
确认，一个眼神

叶片的联想

唐祺　上海市市北中学

风轻轻托起银杏叶，
缓缓送到我的手边。
那斑斑驳驳的叶片，
写满对往昔的怀念。
端详它我忽然发现，
青春犹如那些叶片，
会不经意溜过指尖。
将它夹进书的扉页，
把它当作一种告诫，
告诫我别放走时间。

花期

梅昱 上海市金山中学

春 精神
夏 热情
秋 清逸
冬 坚韧
送来一封情意绵长的信笺
你的回应深藏于土壤
付之爱与坚持的滋养
诸生皆可感召
东风吹来最新的线索
西风带去似是而非的感伤
流浪颠簸的一颗心
在这个世界上觅得了真实的落点
之后
便是等待
渴求一阵芬芳
望不尽昼夜交替
迎来
你
盛放着
世代相承的美丽
年轻而炽热
华美馥郁或清新素雅中
韶华无尽
光阴罅隙中不息

粉笔花

施懿安　台湾省中兴中学

老师在黑板上
种下五颜六色的粉笔花
要我们把花素描在课本上

等到下课
我们拿着厚厚的除草机
豪迈地用力一割
花瓣瞬间粉碎
只剩下沾染着的淡淡色彩
和飞扬在空中的细末花粉

我持着小小的毛耙子
细心修除自己枯萎的花瓣
把一块干净的墨绿草皮
留给下堂课的老师
种上其他品牌的粉笔花
供我们欣赏
也缤纷我们的生活

初春·晨曦

王影帆　上海市曹杨二中

和煦的春风
是母亲的双手
万物在她的吴侬细语中
悄然生长
冬日的寒冷
终是抵不过春的洗涤
生命如春
今日如初
再一次焕发在这里

露水
沾湿了行人的衣衫
花
却显得愈发艳丽
近乎静止的时光里
心脏的跳动是那样清晰可听
那般蓬勃向上
那般充满活力
那般……

往昔固然美丽
而今朝升起的太阳
却丝毫不逊
我想
这或许就是希望的力量
向着梦想
迎着今日晨曦
生生不息地前进
不停息

时间旅行

王诗婷 上海市宜川中学

河水倒着流淌
落叶扶摇直上
土地退向破碎
盛世回到衰亡前的那个晚上

时间在青铜器里疾走
彼此密谋，互相推搡
气氛热烈而危急
也许它即将爆裂——暂定今夜

不论前奔还是后走
我必须时刻声明——诚恳

古今的人，我邀请你作时间旅行：
请来到我无墙的客厅
在史前壁画上签到
在灯火通明中卸下晚妆
在广袤的孤独里齐唱
然后再次齐唱

未来时

张凌翊　上海市建平中学

三零一八年、夏
蜂巢般的房屋里个个烟雾缭绕
看不见去路也没有归途
在一片沉寂中煎熬
不会改变没有流动
食了长生不老药

多希望
即使有了坚硬的躯壳
也可以望见星辰
你是天地间的主宰
却求不得一宿暖灯

时常那千年前的梦中
才有、盈盈笑
蓬蒿闹

多希望
回溯那个世界渺渺
一处村庄晓小
炊烟、袅袅——
镰刀麦田农草

行走的果子

原筱菲　黑龙江省大庆市石油高级中学

雨中的蓓蕾　我手上的花朵
伞花是花季里最灵秀的一支
像忧郁的民谣在我头上悄然绽放
绽放出雨季
和雨季里易碎的年龄

没有海的校园
掌心是心湖
溅起的往事
是记忆里的流沙
被我紧紧把握

我寻找秋千上的森林
和操场上燕子的投影
以及春天和春天背后
诸多不为人知的小小夙愿

我把关于秋天的憧憬
掩藏在果子的内部
在温馨里细数着风雨

雨季在夏天的脚面滴落
我是雨季里行走的果子
带着指缝间的歌声
和有关行走的全部梦想

记忆里的相伴依然伸手可及
青青的果子
不会因迷茫而跌落

石头里的桃花

原筱菲　黑龙江省大庆市石油高级中学

我的粉红深居在内部
是石头里的桃花

我不轻易释放芳香
整理好自己的花瓣
带着所有花朵的形状
就这样隐藏

无意变作化石留给千年
只等待人们连石头都会遗忘的时候
悄然绽放

在那些桃花盛开的季节
我就这样躲在石头里
静看一场场
花开　花落

一阵清风里
请允许我记起另一块石头
它悬挂在天上而且明亮无比
它的姿势向上
并且圆润温暖

我也知道一滴清露在外面等我
月华下这是我开放的
唯一理由
其实就是一滴露水
只不过需要漫长时光
才能渗透我的内心

坚硬的花朵
一生只开一次

夏夜，我想……

李毅然　安徽省界首市界首中学

夏夜
我想把星星
一颗颗摘下
放进我桌上的玻璃瓶
让它们像萤火虫一样
在里面飞动
让它们一闪一闪地
照着我的梦

夏夜
我想把露珠
一颗颗捡起来
串成一串挂在窗前
让它们像风铃一样
发出叮叮咚咚的响声
让它们在微微晚风中
清凉我的梦

夏夜
我还想……
想着想着，我就
发出了鼾声

最初

伊有喜　浙江师范大学附属中学

我想说蜡梅已经开了
想说它蜡质透明的黄和它浓郁的香
我不想说岁月深处
那些雪花一直想告诉我
冬天快要过去秋天越发远了
而过往的春天遥远得就像即将到来的
这个春天

我想说这些路边的花
我逐渐衰老的脸以及明镜里的秋霜
我想说阳光旋转蝴蝶纷飞
两只蜻蜓忽上忽下
松叶漂浮在起伏的松涛里
而我们在蕨草和覆盆子的牵挂中
悄悄叹息

我想说初夏的野百合
它开在我们经过的山崖上

木犀香

钱珏　上海市曙光中学

昨夜我是被你冰封的木犀
今日你是为我消融的雪水
我拥着醉人的清风
独自饮下香醇的美酒
看天际的浅蓝闪烁火焰的花色

黑暗是人世的喧嚣
夕阳是落幕的绸缎
残缺的月光挥舞着灵动的宝剑
破碎着眉宇下幽幽的惆怅
手中的诗集在星空下高昂地吟唱
手中的木犀在酒香中雀跃地舞动
寂静的夜里隐藏着木犀的香味
我却在诗歌中寻找一片净土
等待一个背影的回眸

我站在岁月的彼岸
倾听海的细语
描摹时光的脸颊
寂寞是红颜的伪装
轮回是情感的沉淀
木犀在山崖的边缘吹奏别离的笙箫

在梦幻变成永恒的瞬间
在誓言展现风姿的刹那
我闻到木犀的香味
那是历经千年不变的精髓
是曼妙的诗歌散发魅力的时刻

我看见
当苍茫的世界只剩你我时
你俯身拾起漂流在命运之河的木犀
轻柔地将它夹藏于诗页的缝隙
就如同对岸的我一样

四楼的窗户

徐秋露　浙江省杭州市萧山中学

适合坠落的高度
有风
果冻蓝的天空和鸟
阳光在课桌上肆意转过自认完美的弧度
尘埃开始飞舞了
和玉兰的花瓣一起
落定
在粉笔的末端溅起一片喧响

在铃声响的时候
你说
"我终于累了"

漫步云端

约束

崔馨予 江苏省南京市第二十九中学

检讨不是枷锁
像海堤抵挡不住暴怒的海水

海水是头狮子
它带着怒火不断冲垮海堤

悟

方宇同　北京师范大学第二附属中学

往事历历在目

已变成蹉跎的诗

时间磨磨蹭蹭

耗过了大半青春

那些人如同还在那里

有些身影仿佛被停滞

弥留在老地方的

也许并非自己

他们不会再驻留

也不会离去

而我

什么都不放手

什么都抓不到

什么都记不住

什么都忘不了

同样不会放弃的是未来

就像林荫尽头灿烂的花海

有些故人与我在此分道

而真正的来路亦充满雾霭

我曾发现过守护和爱

其实只是不舍的期待

也将看到真正的等待

兴许要到青丝雪白

一九四二

姜清潆　上海市延安中学

我
在苍茫的暮色中醒来
车流静止
在黄昏的雾霭中
我心下悽惶
仿佛
仿佛此生从未真正活过

我嗅见悲伤
我闻到硫黄与灵魂燃尽的气息
为何
为何以我向上伸平的手
却触摸不到弥额尔的长剑
涤净人间罪恶
为何
为何以我在永夜中的呐喊
却捅不破撒旦的黑影
保护无辜弱者

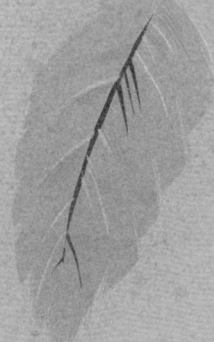

"你飞得离太阳太近了，伊卡洛斯。"
古希腊的智者们
如是劝说
但我竭力朝日光飞去

如同溪水告别
曾经栖身的岩峰
然后奔向壮阔的大海
不回头

我要用自己的声音发言
哪怕
哪怕一生只有一次

伊卡洛斯在太阳下坠落
他的羽翼熔化，轻轻飘落
猩红　明蓝　缇金
而后
光明以万钧之势，重重砸下
猩红　明蓝　缇金

生命何以为生命？
价值何以为价值？
我们何以在至黑之夜中坠地
又何以面向太阳而永生？

是为了用尽生命的微渺之光
拯救这颗昏暝的星球
以昭昭白日

别样

杨典潼　华东师范大学第一附属中学

"每一只蝴蝶，都是一朵鲜花的轮回"
蝴蝶慈爱地说
破茧而出的却是一只飞蛾
面对蝴蝶的失望
飞蛾并不自卑
因为她有另一种美丽

"每一只天鹅，都是一泓湖水的灵魂"
天鹅温柔地说
破壳出世的却是一只鸭子
面对天鹅的失望
鸭子并不难过
因为他有另一种圣洁

"每一只苍鹰，都是一片天空的问候"
苍鹰自豪地说
探头张望的却是一只小鸡
面对苍鹰的失望
小鸡并不伤心
因为他有另一种勇敢

笑了

张义诚　华东师范大学第一附属中学

莎士比亚说他够大师，托尔斯泰笑了
托尔斯泰说他著作等身，阿加莎笑了
阿加莎说她写得够悬疑，雷蒙德笑了
雷蒙德说他写得够忧伤，萨冈笑了
萨冈说她写得够艺术，卡夫卡笑了
卡夫卡说他写得没人懂，乔伊斯笑了
乔伊斯说他写得无意识，伍尔芙笑了
伍尔芙说她写得够先锋，卡尔维诺笑了
卡尔维诺说他够变态，塞林格笑了

塞林格说他其实很搞笑，张义诚笑了
张义诚说他诗写得好，全世界都笑了

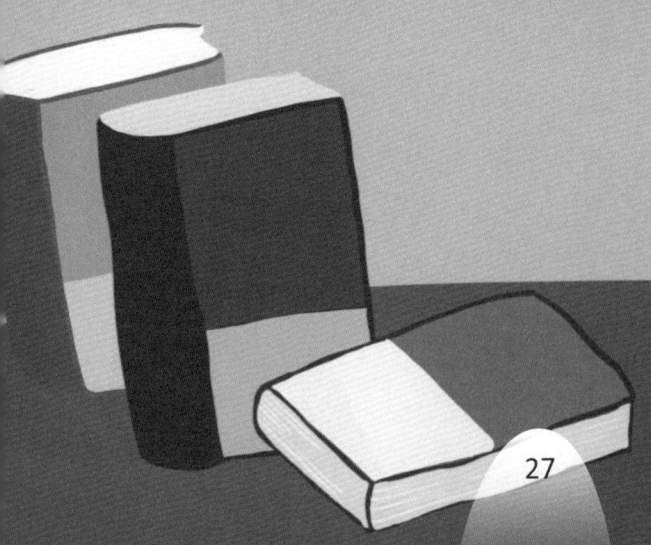

一秒人生

世界是个坡
缺爱的人随坡而下
止不住的污秽
留不住的善良
于是
我背对世界流泪
湿漉漉的视线
历尽沧桑的国旗
我真想问一问身后的人啊
"你们，看——见——了——吗？"

伪善等在人生的交接口
即变得熙熙攘攘
人生开始喧哗
初衷不见踪影
于是
我塞上耳机
明晃晃的蓝天
风筝飞，人儿追
我真想问一问身后的人啊
"你们，看——见——了——吗？"

人生几秒？看见不堪
哪处明净
明净中没有攀附的晦色暗影
哪处幽静
幽静中没有爆裂的隐约伤口
哪处纯净
纯净中没有佯装的蚊虫尸体
只有
在云端润洗过
滂沱而下的
无言 无感 无泣 无伤 无喜的
一秒人生

逝华

黄佳仟　上海市大同中学

再美丽的相遇
再长久的相处
也会在一天全屏落幕

是时候告别了
轻轻放开你的手
疾风般的你
顿时消失在黑暗的夜里
如烟云般虚缈
是冥冥之中的孽缘
还是我一手造就了这样的结局

请原谅我吧少年
我削薄了你宽厚的翅膀
你却还在包容我的自私
请原谅我吧少年
你给了我尽情放纵的天地
我却还在抱怨你的约束

雨砸在地上
渗进土里
泪砸在心上
溶在血里

若有来世
请留意
一个眼神迷茫
捂着胸口的女子

你

黄文慧　上海市第八中学

我因为你而生活，因为你多么令我向往，
或许我和别人不同，我把你当作最重要的。
当别人批评你的固执，我会愤愤不平，
当别人赞美你的态度，我会开心地点头，
因为你让我骄傲，你，我的自尊。

我因为你而快乐，我因为你而兴奋，
我不认为你只在天堂，你也在我的世界中，
无论如何，我不会因为你而厌倦，
不会因为别的而放弃你，你，向往的自由。

有人把你关在箱里，我只能遥遥望着你，
你在哭，我只能陪着你哭，不过，我不会放弃。
你在那里沉睡了多年，有时，有人轻轻把你唤醒，
但瞬间又继续沉睡，你，不能放弃的希望。

轨道

赵旭一　华东师范大学第二附属中学

沿着轨道开始旅行
钢筋反射着清冷的月光
沿途的风景与火车的鸣笛
欢笑哭泣与雨露风霜
伴随着泥土与青草的芬芳
弥漫了整个旅程

沿着轨道开始旅行
全因轨道指引才不会迷失方向
轨道在大地上沉默延绵
坚定地奔向未来的光明
无声的束缚
有时便是最好的指引

空白

郭正宜　上海市北郊高级中学

我的琴谱遍布红痕
醒目处粗鲁地标记错误
层层覆盖
像失焦的眼神

我弹钢琴的双手
约束在黑白相间的琴键上
错音有时扎得指心生疼
在这些漫无止境的日子里

那些红痕划过的琴谱
被手指抠出纸的内部
白色的键从黑键中蹦出来
的确是蹦出来的

到那时
往事才真正轻松
不用经他人之手
我们也能拥有未来了

当我所弹的曲子
不再经过纠正和约束
身上无枷锁
没有修剪过的花园和草坪
在琴键的缝隙间错落地开始

往后，我懂它
一如在茫茫空白中
看清这张纸背后的自己
那个我比未来多一毫米

我的琴谱生出红色的孩子
那些充满着的便是空白
那些溢出来的
便是姗姗来迟的白色的火

角落

赵华秀　上海市第四中学

曾一度将梦想弃在角落
独自品味那番失落
任其被失落侵蚀
亦任泪水漫过

曾几何时
梦想是否一文不值
由苦涩至沉默
途经挣扎彷徨
每一个角落皆无处可躲

人影匆匆而过
无人驻足
在意这存放梦想的角落
愿它变为星光眷顾的一隅

在星光中漫溯
看清了梦想的模样
纵使不值一文
却依旧动人心魄

收拾行囊
纵使布满创伤
毅然怀揣梦想
不再躲
躲藏于那本没有的角落

光年之外

徐寅　上海市曹杨中学

光年之外
是光给我的错觉
你依然存在于我的世界
鲜活而又灿烂
只是距离有些遥远
是光给我的幻觉
太美丽的星夜
你的笑容沁入眼帘
我的吻到不了天边

是光穿越了千年
逝去的童话依旧在上演
我生君已老的誓言
是第七维度的牵连

鲸鱼说——孩子的心

肖云　上海市三林中学

鲸鱼庞大的躯体里
住着的是孩子的心

女孩总以为自己的爱
会是温暖包容的海洋
任凭鲸鱼冒险与眷恋
任凭鲸鱼歌唱与游荡

然而，孩子的心永远贪玩
即便鲸鱼已拥有女孩浩瀚的爱
却依旧抗拒不了自己
一再地伸开双翅
幻想着无垠的天空

繁

王怡然　上海市卢湾中学

人海茫茫
繁华一角
不同的面孔
演绎出故事的棱角

在光明中迷茫
时而彷徨
若是昙花一现
皆是数不尽的哀伤

在黑暗中明朗
也会受伤
若有繁星指路
仍有道不完的惆怅

繁景收场
喧嚣止戈
回首凝望
却看不穿那过往

人海茫茫
繁琐中寻觅梦想
一瞬间的喜悦
愿转变成耀世的光芒

骆驼说——爱有多久

肖云　上海市三林中学

在离开绿洲几天后
骆驼不止一次地想一个问题
上一次痛饮了甘美的清水
不是已经有了无比幸福的满足了吗
如今怎么又渴了
那些存在记忆中的满足感呢
此刻又消失到哪里

于是，骆驼发现爱不正说的这个理
真正永远的并不是爱
而是渴望被爱与等待时
那一颗心的猜疑

时光流影

最遥远的距离

周天嘉 复旦大学附属中学

最遥远的距离，
不是流星划破幽邃的夜幕，
那一道亮光曾映照我的眼帘。

最遥远的距离，
不是山崖处孤寂开落的花儿，
那一朵芬芳曾陶醉我的心田。

最遥远的距离，
不是千百年的等待，
李白飘逸的明月曾把我带至镜湖边。

最遥远的距离，
不是有形无形的屏障的隔绝，
电磁光纤的编织早已把我们相连。

如果有一天
你站在我的身旁,
我却
看不清你的脸庞,
闻不着你的芬芳,
听不到你的耳语,
读不懂你的诗行。

是心头的微光弱了?
秋水般的明镜碎了?
还是山崖处的花儿真的落了?

指甲盖

梅朵　河南省许昌市鄢陵县第一高级中学

母亲，你一定知道
爱也是一种建筑
要不，你怎么会
在我的身上贴上如此美丽的瓷片
让我从此有了自己的
日和月

当一切都不再生长
它们却不断地长出新刃
长出新的光芒
来扩大我掌控命运的手掌

一切都不再孤单

崔馨予　江苏省南京市第二十九中学

有些花
看不到了
有些树
剩下骨架

风吹，掏去骨肉
有的弯曲，有的尖锐

离下雪的日子不远了
谁站立不稳，微微摇摆

碎片

陈旻韬　上海市行知中学

上帝在梦里打翻了他的琉璃瓶
哐啷一声成了无数碎片
他在梦里毫无知觉

琉璃落入了人间
化成一个又一个旖旎的梦
光波流转里尽是迷离景色

亲爱的
在你熟睡时从那梦里
睁开你的第三只眼睛
看一看那一块载着希望的碎片
用你纯真的眸子
窥探它

你的焦灼可在
琉璃光影的梦里发现安宁
你的愤怒可在
不期而遇的梦里望见平静
你的忧伤可在
温润如玉的梦里触到甜蜜
你的彷徨可在
悄然而至的梦里遇上安详

天亮了梦醒了
上帝却再也拼不出他的瓶子
收不回那些带上了重量的碎片

它们已载满希望
散落满人间
轻轻扎根在你的心头
温润如玉

偶遇

李思韵　上海市奉贤中学

风起　云游
一朵云偶遇一片天空
你说，是捉摸不定的风
促成这一段佳偶天成

她说宿命，是刻在龟甲上的谶文
不打破无人知晓
历史冷峻运转谁都无力抵抗
前生千万次回眸
也仅换回一次擦肩而过
我无心思索艰涩的哲语
宁愿双手合十，相信安宁

既然想不起前世的修行
那么你于我
何尝不是神的恩典
既然命运安排
在烦扰喧嚣中默契抬眼
穿过窜动不安望见彼此
又何必，再苦苦思虑

怦然心动的瞬间
是神最美的赐予
就在心底尽情感激
无论由多少代价换回
这次偶遇
已悄然埋下伏笔

两代人

罗芑婷　福建省厦门市第一中学

金属的碰撞声
充斥在耳朵的迷宫里
我们置身于喧闹中
释放自己

摇滚的狂潮
把我们卷入其中
是少年的轻狂
抑或是一瞬间青春的张扬

轻哼着童谣入梦
牵引着母亲的召唤
旋律的悠扬
让我周身轻盈

才知道
想追逐那自以为是的自由
只是
需要一个栖息之地

猛然醒悟
何必再去追求
那鼓点散乱的步调
两代人的序曲
不仅仅是那一首《外婆桥》

童言无忌

郑璇　上海市大同中学

老鼠他爱上猫咪
猫咪她要嫁给老虎
老虎他深爱着兔子
兔子却痴痴迷恋着大灰狼

耳朵打了鼻子一个耳光
勺子和叉子喜欢自由格斗
电脑与电视面对面唱着情歌
扫帚和拖把依偎着跳恰恰

花蝴蝶扑棱着翅膀飞向月球
大卡车排着队准备海底一日游
摩天轮渴望有一天能疯狂转动
冰激凌一不小心融化成了彩虹

你说我满口胡言乱语
我笑你早已失了童趣
是谁丢失了最初的梦想
是谁早早地向现实妥协

写童话的爷爷永远不会老
爱幻想的孩子拥有七彩的梦

视线

张雨婕　上海市曙光中学

泪水充盈眼眶
挡住了
远眺的视线
茫然了世界

泪水划过眼角
沾湿了
寻找的视线
模糊了世界

他的手轻抚朦胧的泪眼
擦干了
前方的迷惘

他的手捧起冰凉的脸颊
温暖了
前行的惆怅

56

蓦然回首
那些绝望
烟消云散

抬起头
理清视线
感谢那拨开云雾的手

时光机

王佳樱　上海市曹杨二中

橘色的灯光下，
爷爷的一双留有岁月沟壑的手，
轻轻翻过一页页泛黄的书卷。
时而微抿一口茶，如痴如醉。

温暖的余霞散成绮，
奶奶用厚实的大手牵着我走。
目睹了路人无情地避开乞讨者，
却淡然停下脚步，慷慨解囊。

镜头快速闪过，岁月如梭，
乘坐着时光机，我来到了这里。

眼看"素蟬灰丝，时蒙卷轴"，
呼吁家人放下手中的"小世界"，
倒壶香茗，看茶香沉淀。
叹书中世事俊杰，冷暖自知。
人生路高唱凯歌，悠然自得。

朦胧的晨曦，透出新年的气息。
在浓浓年味中放出孔明灯，
愿能承载着爱渡过时间长流。
披漫风尘却念念不忘善意待人。
时光会逝，但爱与美将一脉相承。
浮生若茶，打开尘封闭塞的心，
让阳光洒满时光的隧道，
镌刻在时光机里的，是永恒。

奔跑

黄天骉　上海市川沙中学

小学时，她和父母一起居住，
她有一双大眼睛，包容着一切，蕴涵着星空
她爱在滴水湖畔踩水、奔跑
她爱奔跑，她爱赤脚踏进水中的快乐

初中时，她和母亲一起，
她有一双大眼睛，注视着一切，思考着星空
她仍爱奔跑，
她爱双脚踏上操场的自由
她爱冷风拍打脸颊的骄傲
她爱双拳紧握取暖的温度

后来，她告诉我，
临港的风变得冷了，她跑得少了

她多爱这世界，她想看看这世界，
她想不断奔跑 感受双脚踏上白云的自由
她想不断奔跑 欣赏蓝天的美好
她想不断奔跑 跑到上帝面前，同他聊天，
可能，她还能够捉弄一下上帝
她想不断奔跑 跑到谁也追不上她，
去同孤单的星星玩乐、嬉闹

方圆

邓思祺　上海市吴淞中学

水平竖直
刚强坚韧
广阔的大地
铸成方

光滑柔美
一气呵成
包容的天空
融成圆

谁曾想
直曲相交
如此设计之感
无比和谐

踏遍世界角落
无论多么独具匠心
都以此组合为基础
使它们成为经典

有了它们的存在
一切的艺术皆有共鸣
无休的争辩方有停歇
方圆
散发的光芒这般耀眼

世界大同
天地方圆

课余拾趣

胡晓元　上海市复兴高级中学

铃声敲破静谧
粉笔戛然而止
敲醒麻木的大脑
重唤生机

桌椅杂然零落
沉郁横扫一空
欢笑与喧闹
四散飞舞

这里有乐趣的欢聚
从流行歌到梨园曲
这里有青春的激荡
从真心话到骑马舞

或有一天
会忘记课本上的内容
却绝不会遗忘曾经的烂漫时光

或有一天
会变得冷漠孤寂
但此刻心与心的无间让我沉醉

这里是我们的世界
只有十分钟的世界

火花 ——致懵懂的那颗心

朱源卓　上海市民星中学

夜雨临窗伴随着风的轻抚
秋的逝去伴随着我的心

那颗孤独的心，不知何时
种下了一颗种子
飘飘细雨
漆黑的夜
一朵花无声地绽放

花的炙热
熨热了我的心
我总想着去触碰

妖艳的花，却如毒品一般
一旦触碰，会欲火焚身

蓦然颔首
雨停了
回眸一瞥
花，已经凋谢……

66

画心

马婧萱　上海市市北中学

在你白色的长发里
最白是誓言
在你无悔的眼神中
最暖是人心

人与妖
妖与人
除了心
有何差别

最暖是人心
在你无悔的眼神中
最白是誓言
在你白色的长发里

好想在荷叶上舞蹈

徐寅　上海市曹杨中学

好想在荷叶上舞蹈
不必给谁看
露珠打着转翻滚
不湿我衣边

好想在荷叶上舞蹈
吻一吻那荷尖
再不学那蔷薇
窝在慵懒的春天

好想在荷叶上舞蹈
我也有芙蕖一样的可怜
微风搅乱了星光
蝉声中听那波澜

不懂你

施爱月　上海市城桥中学

听说
十指相扣是离心最近的地方
从小你就牵着我的手
可我一直不懂你
你说话常常自相矛盾
你让我吃饭快点，别磨蹭
又让我吃慢点，别噎着
你让我骑车快点，别迟到
又让我骑慢点，别出事
我不懂你常常皱着眉头
就算我没有做错事
我能抚平衣服上的褶子
却抚不平你蹙着的眉头
你挑剔我的一切
又包容我的一切
在你心里——我永远只是个孩子

家乡的味道

张凌翊　上海市建平中学

曾几何时
最大的期盼就是回到家乡；
那时家乡的味道，
是一笼笼热腾腾、香气四溢的大白馒头，
一罐罐甜蜜蜜、麻糖饼儿的唇齿留香。

只是不知怎的，
家乡这个词离我渐远了；
钢筋混凝土搭建的城市，
承载着千万人的梦想……

元月伊始，一个纸箱悄临门前，
似乎饱经风霜，
似乎颠簸流浪。
啊，家乡的味道——
全是码放得整齐的馒头和麻糖饼儿！

不经意湿红了的眼眶，
呵，家乡呵！
是提醒你那远行的小人儿，
家乡的味道还有苦苦的愁绪，
家乡的味道还有咸咸的惆怅……

万物生长

月光

郭智睿　北京师范大学第二附属中学

上帝把我遗忘在这世界
于是我存在
月光是我的信仰
我愿为它活着
我愿为它死
只可惜生不是我的权利

雨

黄文慧　上海市第八中学

雨落下了，
似乎无所牵挂，
却又似乎依依不舍。

我不知道，
雨前一刻在哪里，
后一刻又在哪里。
只确定，
这一刻所看到的雨，
已不是上一刻的那一滴。

雪的诞生

杨丰冀　上海市建平中学

我的名字是流浪
来自亿万光年之外；
源于一颗死了的太阳
冷却了的尘埃。

但那是怎样的引力？
让我飘向这一颗星球；
有如命运戏谑的咒语，
将我堕在这一抱天空。

逃离或许是奢望。
残忍的美，已在我心头刻上了字。
我的周身生出六只手，
每只都挂着苦难的刺。

而后我被一只手推下，
归于那不朽的洁白；
地上的人管我叫雪——
心的一种残骸。

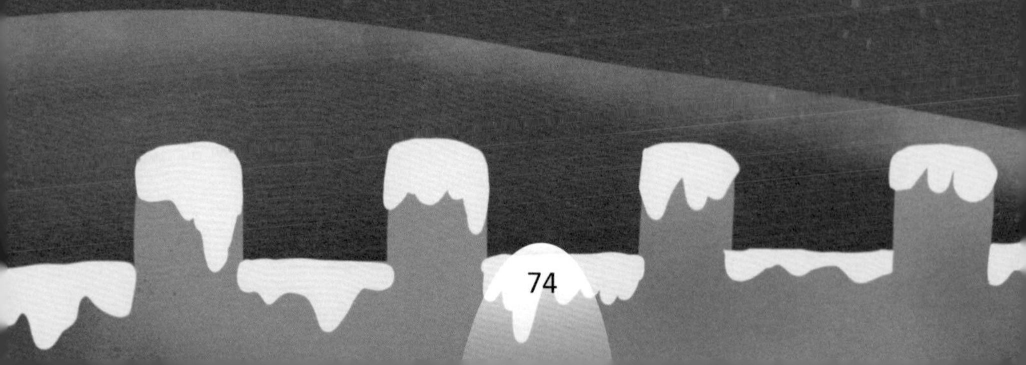

雨

陆一叶　上海市实验学校

细细的，绵绵的，悄无声息
晶莹的雨滴落在地上
静静地回忆，曾走过的地方
原来你游遍了世界各地
小小的雨滴
带着梦想
飞舞于大地
爱你的美丽
此时眼前心中，都充满了你

忆之殇

施珺绮　上海市莘庄中学

枯叶舞倦蝶，
蹁跹而落。
我站在回忆的尽头，望你
往事撒落在你的肩头，
抖落思念。

逆光之中，
你的背影铺张了所有的记忆——
铭记？忘却？
都在晨光熹微之中，渲染弥漫。

偾懑，如疯长了千年的荆棘，
勒住每一刻心跳，
浅啜悲伤的滋味。

叶落彼岸，花开荼蘼。
南柯一梦，倏忽而过。
我在回忆苦海中辗转，
挣不开的枷锁，不是你，
是我的执着。

听
沉默的伤痛在拔节，
浅唱，回不去的曾经。

透光

徐晨　上海市格致中学

我躲在
发霉的木头长凳底下
往上看
蓝天被夹在木头中间
白云被切成一条条的

一个女孩子坐了下来
瞬间天就黑了一半
排列整齐的星星中间
还出现了花猫的图案

痛

我不喜欢把指甲剪得太短
有点指甲的手
握紧拳头的时候
手心的痛才会减轻心头的痛
是太敏感
把所有的事都埋在心里
还是太天真
看不透世事无常人情冷暖
无论什么时候
都把眼泪裹起来
无论心里多痛
只是带着微笑，握紧拳头
心里有多痛
手心就有多痛
手心的痛
会被长出来的茧覆盖
心里的痛
是会被刻在心上
还是会揉进血里？

陶器：盼狐

伊有喜　浙江师范大学附属中学

雪地一团游动的火
优美的狐步
若即若离的神秘
迫使我进入你
蓄谋已久的陷阱

追溯起来
我的隐痛源于
没有狠狠地把你摔碎
这需要一种硬度
虎牙的硬度
面对你的背影

如今你端坐案几
我内心最温柔的部分
一次又一次被你的光矢击中

你这恼人的精灵

水潭

陆一叶　上海市实验学校

每次下雨，你总会出现
随处可见
说起你，总是又爱又恨
你的形象一直停留在我心里
无心踩到你，却被你发现
总跑到我裤脚上边
不想与我分别
爱你是因你的剔透
望着你
便会看到另一个我
也许
你就是我

蜜蜂

梅朵　河南省许昌市鄢陵县第一高级中学

你总是那样轻盈
仿佛害怕将花蕊压痛
你总是那样轻盈
仿佛是浮在花上的梦
你总是那样轻盈
仿佛担心将春天惊醒
你总是那样轻盈
仿佛你懂得
苦难总是很重
幸福总是很轻

海的欢歌

王晨曦　北京师范大学第二附属中学

一袭深蓝色的丝质长裙
一条米白色的纱质流苏
微风吹来
点点碎银舞起花边
吟唱千年不变的古老歌谣
啊
海滩也学会打扮
用温柔的夜和素洁的月光

稻草人之夜

乌小贼　上海市淞浦中学

白天守护麦田
稻草人在夜里舞蹈
如果夜能静止
便看到了一滴晶莹的水滴
从他的心脏滑落
此时风大了
他在田野里肆意地舞蹈着
在风中变得支离破碎

有时他的眼睛少了一只
鼻子歪的
他抬起头
看向麦田
因此变得忧伤
有时他倒在地上
仰望天空
他的朋友，小巧且爱说话的麻雀
停在他肩膀上
有一只失了聪的耳朵
听不见谁在呼唤

承诺

陈亨娃　上海理工大学附属中学

曾忆起，你和我许下的
山盟海誓
美好，泡沫幻影般
存在过
却又消失不见

那些流年光影
美丽而残忍
它们提醒着，我们
曾经凄美的剧情

原来
韶光抛弃的，不是老去的容颜
却是为了证明，你从来就不属于我
我把一切视作如此完美
到头来
却抵不过你的一个背影

承诺
或许本就很短暂
因为它都来不及
用笔写完等待

白蝴蝶

崔馨予　江苏省南京市第二十九中学

它去哪
没人注意
它挣扎
我捧起，哈气给它温暖
它活过来
轻轻扇动翅膀
它慢慢飞起
慢慢消失，失落怅惘
终究是祝福

Joker

吴辰迪　上海外国语大学附属外国语学校

走下流光溢彩的舞台
人群的欢笑诉说精彩
小丑缩在黑暗的角落
扯下的帽子荡起尘埃

泪水滑落模糊了油彩
他孤独不受上帝青睐
人们只看到他的笑颜
怎见他眼底漫天悲哀

破碎的镜子东倒西歪
镜中的小丑笑得开怀
他早遗忘存在的意义
只有绝望在心头盛开

你看
哭泣的小丑在笑
你看
欢笑的小丑在哭

面具

蔡赟　上海市奉贤中学

我就在你面前 可我触不及你的脸庞
你就在我眼前 可你看不清我的模样

我情不自禁想起剧院魅影中那不可理喻却痴情得让人心疼的魅影
人也许是会为爱疯狂的
更何况是冰冷阴森面具下藏着炙热爱火的他
就这样默默跟随你风吹雨打雾罩雪飘都心甘情愿
你的前路无论低潮坎坷或光芒耀眼我都在
而我自己的难过就送给沉默的夜

纵使相见还要相隔一纸面具
你终于在人海茫茫中因为冥冥情愫回头张望
我却又因害怕而不敢让你看见
是卑微还是守望也许只有面具知道
剧院魅影的结局大家都知道
而我们所有人都未能看清的是面具最后的归宿

总有人说在这虚伪的世界里我不得不戴上面具伪装
佛说色即是空空即是色
我想面具即是真相真相即是面具
我不愿意戴面具
但你若硬要觉得我坦露在你面前的不过是一张画皮那样
真实的面具
你也可以撕开它
我不怕疼
我相信你在我面前的就是你真真实实的模样
那么你呢

杨利霞　上海市朱家角中学

凛冽的寒风撩动鬃毛，
飘逸如一团黛青的火焰，
天宇间唯此，
是普罗米修斯窃取的火种
——燃烧。

雄健的躯体，
不曾有鞍鞯的痕迹，
茫尘万里踏过，
马蹄沾沙。

兀鹰低旋，
愚钝的田鼠沐着狭缝中泻下的光；
山鸡还在高翘斑斓的尾羽——
命悬与未悬之间。

它，仰天长嘶，高擎首颈，
骁勇流转于几近暴裂的肌骨，
孑然驻望远天的山冈，
又凝神于一片孤寂。

白昼
它的生命是奔腾，是激流，
是闪电和飓风。
暗夜
它的眼里贮蓄了希望，
纵使偶尔掠过不遇的哀伤。

黄昏

华宗诚　上海市位育中学

在连接过去与现实的梦境里，
黄昏张开一双回忆的翅膀；
天色式微，
只见命运的羁绊身旁交错；
微笑挥手，
又见绚烂的霞云眼前飘落；
芸芸时光礼帽令人炫目，
挑选一顶粉色的戴上吧；
茫茫回忆的彩虹犹如缎带，
撩起一抹蓝色系于胸前；
夜幕尚未浸染你我之前，
星空尚未成为幕布之时，
地平线的那边，
黄昏剪去她心爱的金色长发。

青春万岁

最美的十六岁

谈张怡　上海师范大学附属中学

十六岁，温暖的年纪
东升的太阳挂在高空
我想说，光芒与热量
是十六岁的温度

十六岁，潇洒的年纪
细柔的蒲公英随风飘扬
我想说，轻快与洒脱
是十六岁的风采

十六岁，灿烂的年纪
遍地的山花开满人间
我想说，五彩与缤纷
是十六岁的色彩

十六岁，勇敢的年纪
稚幼的雏鹰俯下山坡
我想说，果敢与蜕变
是十六岁的心怀

十六岁，叛逆的年纪
尖锐的犄角相互碰撞
我想说，锋芒与执拗
是十六岁的个性

十六岁，这样的年纪
我们都是最好的我们
我想说，最美的时光
是十六岁的青春

滋味

张夷　上海市民本中学

棒棒糖的年代
再留恋也倒退不来
停在眼前的
是迷蒙的雾霭
和看不到边的未来
失措　徘徊
跌倒　重来

或许早有预料
越前行越多障碍
始终坚信
再累也不能转身而退

因为
这就是生活的滋味
童年的甜如蜜
青年的苦如芷
壮年的辛如棘
老年的乐如饴

恰似佳肴多味
方可唇齿留香，回味悠长
仿佛人生多味
方能百味杂陈，历久弥新

愿以一生去品味
童真的甜　奋斗的苦
生活的酸　安逸的福
然后，唯剩知足

诀别

冯析 华东师范大学第三附属中学

就算是白天
我也会做梦
看着水蓝水蓝的天
云朵就像沉在水底的鱼
看着远处小楼上闪闪流动的琉璃瓦
小屋就像会发光的树
心底的梦淡然而温暖
他的脸在清新的空气里渐渐浮现
安静如此刻轻抚耳廓的凉风
而寂寞却是这一季孤独而绚丽的烟花
他风度翩翩地转身
篮球在空中划出优美的弧度
干净犹如我们明媚的十七岁
而此刻却成为我一生最初的惆怅
青春，它来了又走
青春，它明媚过后只剩离愁
青春，它灿烂过后不再回头
我微笑着和你诀别
诀别诀别，
诀别那个躺在家乡老屋的屋顶睡着了的小孩……

青春，肉体与火

单嘉宸　上海交通大学附属中学

火疯狂地在小丑疲惫的肉体上跳动
如同飞溅开的鲜血
快乐地飞奔在属于他们的舞台
饥饿的小丑伸出如同骨骼般的双臂
向火哀求本属于他们的青春

与自己相处

任航令　上海市闵行中学

深夜的天空漆黑，
颗颗星子照亮了我的身影。
我是株水仙花，
是一位孤独的守望者。

但，水仙守望着高雅与坚贞。
正如我只身挑灯夜战，
在书籍中找寻智慧，
守望真理。
虽孤独，却充实。

早晨的阳光熹微，
草原的翠绿衬托了我的体色。
我是兽群中一只白化的动物，
是不被认可的异类。

但，它仍顽强地生存了下去。
正如我不屑世俗，
在非议中坚持己见，
保持真我。
虽痛苦，却真实。

正午的日光刺眼，
普照大地的阳光照出了我的缺憾。
我是一个人，
是一个最普通的人。

但，这个人正视着自己的缺憾。
正如我面对自己的瑕疵，
在阳光下摒弃懦弱，
直面自己。
虽艰难，却伟大。

遗忘

周璐 丨湖小七年中学

灰色交际在地平线
街道嘶哑着
直至灯火零落
我是一个
被遗忘的过客。

在旧日的街巷
独自徘徊
当雨水锁住繁华
它们是否也将
变成时间的过往？

可曾记起你的沧桑模样，
可曾描摹你的万千气象？
望不尽的青瓦红梁
被丢弃在这城市
不为人知的街角巷。

喧嚣沉溺在霓虹闪烁
雨声掩去多少斑驳
我愿做个归人
却只能是个过客。

忘名

马荣　上海市延安中学

人生的旅途
好似经历着一个个十字路口

人流
涌向一处
又散向四处
你我的世界
过客无数
不断有人进入
或是离开

偶遇
邂逅
擦肩
转瞬之际
我记住了你的身影
却忘记了自己的名字

双
俞轶洁 上海市人间中学

华厦之巅，天空之下
时代的巨轮碾过我的大脑
从我的双眼中孵化
两只黑白鸽子
就像白昼受孕黑夜
黑暗哺育光明

原点

柳馨宇　上海市北蔡中学

还记得斑驳的树影深处
你说十五岁那年
是回不去的原点
旋转木马的华年
音乐叮咚响起
却看不见你的脸
嬉笑的视野转了又变
我们彼此追逐，距离竟是永远

还记得潺旋的小溪水边
你说那流水
是永不复返的誓言
逝者如斯的哲学
截然不是我能通透领会的语言
曾经的海角抑或天涯
早已消失在远山穷水的那面

还记得迤逦的枫林幽径
我说我会一直在这里等你凯旋
曲折连绵的海岸
潮涨潮落
你我伫立的脚印不见
等光阴变老海天一线
是不是我们就真能
回到从前

105

青春如雾

张简 上海交通大学附属中学

青春如雾
晨的雾
我们在雾中
追寻的
是渺茫的灯塔
心念的
是你的名字

青春如雾
夜的雾
我们在雾中
浪漫的
是胡乱飞舞的萤虫
隐去的
是暗夜的漆黑

青春如雾
迷雾
我们在雾中
清晰的
是弥漫的欢笑
模糊的
是你脸上的泪痕

青春如雾
无边的雾
我们在雾中
眼前的
是我们此刻
美丽残酷的青春
远处的
是茫茫无垠
青春的雾

起点

罗央榕　华东师范大学第二附属中学

落叶飘上梧桐树
运动员跑回出发点
诺基亚代替智能手机
我们回到最初的起点

那年我们热情四射，满校园地跑
篮球场上，乒乓球馆里
清脆的笑声弥漫在每个角落

那年我们没有一沓沓复习卷
空气中没有浓烈的竞争硝烟
下课时走廊里从未冷清过
母亲的眉头也不曾紧皱

智能手机回到手边
运动员冲向终点
梧桐的叶子落了一地

我们结束了中考
站在人生新的起点
憧憬，向往
交织在一起
没有迷茫
因为我们知道
我们会做得很好

教师节
回到昔日的校园
操场上灵活的身影，跳跃、奔跑
我嘴角上扬
那不就是曾经的我们吗？

当开机成为一种习惯

梁静雯　上海市虹口高级中学

当开机成为一种习惯
我会在凌晨一点还辗转反侧
因为，期待着屏幕的荧光闪烁
即使相隔万里，也能心满意足
——想念

当开机成为一种习惯
我会在 QQ 和 MSN 上寻找你的身影
昏暗的房间里，有你温暖的话，抚慰着
暗夜顿成璀璨的白昼
——寂寞

当开机成为一种习惯
我会不由自主看你的照片，听你喜欢的音乐
触摸你纤细手指曾经在键盘上的舞动
追忆你存在的记忆，默默感触
——回忆

当开机成为一种习惯
我会看到你的名字总是排在第一个
不是 A 字开头，而是 100 次的通话的记录
分享喜悦，第一个打给你；伤心失望，第一个打给你
——依赖

当开机成为一种习惯
我会习惯在午夜安静地写日志，看博客
宣泄苦楚，抱怨人生，释放自我
这就是我
——自我

沉默

往事如烟 上海市松江二中

花消失在沉默的风里

寂静的街道
对面的人一张一合的口型
重重落下的无声的脚步
雨滴悄悄落在水里的涟漪
寂静的世界

伸手也抓不住那些说出的字符
倾听也听不见那些落雨的声音
全世界都在沉默里慢慢沉默
变成一幕幕默片里的对白

这样的世界里
听得见别人的内心吗
听得见别人的倾诉吗
听得见那些痛苦的呻吟吗
听得见那些兴奋的叫喊吗

花消失在沉默的风里
变成所有无力的对白

幻想旅行

许竞元　上海市控江中学

我在幻想一场旅行。
人生短促，旅途漫长，
或许在那个未知的站点，
停靠着的列车，载满了梦想。
我会坐在它的顶部，
握着一束气球，任它随风摇晃。

我在幻想一场旅行。
站在大街上，看人来人往，
或许拐过那个街角，
会闻到面包与咖啡的芬芳。
我要走进那家店里，
端起一杯热饮，看它轻烟缭绕。

我在幻想一场旅行。
没有忧虑，不惧时光。
或许漫步在今晚的广场，
将要偶遇一场绽放。
我会静静地等待，直到那一瞬间，
看光阴被烟花铺成满空繁华，
然后感叹转瞬即逝的忧伤。

光辉岁月

| 雨果　上海市金山中学

我带着梦想走在
一条名叫"成长"的路上
路标告诉我
这是一条令人畏惧的道路
曾经走过这条道路的
都是像你一样怀揣梦想的年轻人
他们带着热情、希望和力量上路
可是，并不是谁都能够
顺利走完这条道路
有的摔得头破血流，原路折返
有的，在岔路口走错了方向

我说，我准备好了！
在这之前
我不止一次想象过即将经历的苦难
以及梦想实现时的喜悦

当我终于战胜严寒酷暑
战胜遍地可见的荆棘和坎坷
带着血和泪，疲惫地到达终点
我应怀着庆幸和满足
又不无骄傲和光荣
在这条路上
我活出了价值，实现了梦想——
风雨兼程才是真正的成长

也许多年后我才会明白
所谓光辉岁月
不是实现了梦想后所得到的一切
而是为梦想而努力的每一分钟
是因为努力而美丽的每一分钟

十八岁

她来了
像一个新娘
从天空走向河流
从河流走向大地
那未退的潮水挽留着她的裙摆
她笑着和它吻别
一路将山川的平仄
绣在眉间

一颦一笑
一路是清丽的欢歌
月光正好
夜莺在鸣啭
低垂的眼帘下
她欲语还休的红唇
有着倔强的弧度

腊月十一
她走进一朵迎春花细小的内心
住下来
梳理及腰的长发

沿途风光

雨季的花园

冯雨沁　上海市曹杨二中

（一）

叶
青青
滚落水滴
是清风剪碎的珠链
是乌云流连的倾心
是雨留下的
一只饱含清泪的眼睛
那顺着叶的缝隙
静静流淌着的你
是翡翠的天空
最不舍的
一抹流星

跌进泥里
没有灿若花火的奏鸣
甚至
连大树上蝉蜕里
那小小的
与草叶一同呼吸的生命
都未曾听到
你坠落的声音
微漾
缓缓融入草木生长的脉息里

抬头
风停
风起
叶
青青
而你
是翡翠的天空
最不舍的
一抹流星

（二）

花
靡靡
飘零片语
是时间剥落的狼藉
是大地披起的华衣
是蝶采撷的
一缕献给夏木的虹霓
那伴着花的芳香
轻轻飘摇着的你
是琉璃的花季
最挚爱的
一朵朝云

浮于尘中
没有艳如晚照的献舞
甚至
连寂林中树梢上
那欢快的
与繁花一同嬉笑的身影
都未曾瞧见
你蹁跹的倩影
轻旋
静静卧在芳菲遍地的哀愁里

回眸
云卷
云散
花
靡靡
而你
是琉璃的花季
最挚爱的
一朵朝云

她听到荆棘鸟在歌唱

黎明的曙光刺进
荆棘鸟柔软的腹部
喷涌而出的鲜血
为她织就这世上最美的舞裙
裙摆扬起的弧度
将千万个春天串连
花蝴蝶的翅膀
扑扇扑扇
最终化作一声轻叹
长长的
深深的寂静里
她听见
脉搏绽放的声音
她曾经在无数个春日的夜晚
描绘过的声音
此刻如此清晰

此刻她只想
再跳一支舞
那支她曾经在烈日下
在月光里，在风里，在雨里
在千千万万个春天里
跳了一遍又一遍的舞
旋转着的月光中
她听到荆棘鸟在歌唱
歌声如此绝美嘹亮
仿佛从远古传来
又踏破千年而去
不是挽歌

蜀道之难，难于上青天

顾子瞻　上海市市北中学

蜀道之上，
有一个身影，
那是一个苍老而又有力的身影，
就这样爬，
口中吟着那
独创的绝作：
"蜀道之难，难于上青天……"

那是绵绵无绝期的蜀道啊！
那一袭青衫，
手中拄着虚幻的拐杖，
依旧在爬，
那沧桑而清越的立体声，
是他独创的绝作：
"蜀道之难，难于上青天，使人听此
凋朱颜……"

那无尽的蜀道，
依旧在那山间，
那老人的身影，
依稀可辨，
谷中，只有两个声音，
一老一少，交相重叠，
还是那不老的绝作：
"蜀道之难，难于上青天，侧身西望
长咨嗟！"

十里春

盛新琳　上海市七宝中学

如果粗糙的木船
摇出江南曲水的韵致
如果脚下柔软微陷的泥土
听见雨后青草的呼吸
如果身旁狭窄的小灌木丛窸窸窣窣地
回头去亲吻那株羞怯的小野菊
如果白羽黑喙的鸟儿
浅啜一口荷花瓣
如果春风牵着云的手
摇曳而来
又摇曳而去

托他们带一句口信：
晴光大好

山河

盛新琳　上海市七宝中学

无边土地
要用夸父的双腿来丈量
层障迷雾
就用精卫的鸟喙来啄穿
执着玉兔的药杵
捣碎黎明
来到女娲身旁。

她在五色石里挑挑拣拣
五块黄色的小石头
攥在她掌心。
将它们摆在温热的赤土上
说：你就叫中国。

127

念中秋云中羞月

幽幽帘拢
夜空再无月星
而你悄然离去
杳无音信
夜半惊醒已白发三千
佳酿初斟仍哀婉九歎
瞥见
枕边的点点银光
昂首
却是云脚的残缺月影

期待
与君的久别邂逅
守候
却是天边的缥缈背影
神祇掌控着日月交替
不惊我心中一丝漪涟
君兮但却如昙花一现
犹令我难禁梦绕魂牵
我心牵你至于极点
漫山冰雪愁思成千
热忱满怀期艾难言
君兮何匿半面笑颜

或许

你正坐在静谧的一隅

遥望世间芸芸众生

迫切地，迫切地

追随自己无意落下的踪迹

或许

你正走在斑斓的云际

随意采撷道边繁星

从容地，从容地

洒落几颗转眼即逝的流星

卿曾若

秦时明月凝眸万里

犹难逝

汉朝百关尽藏辉芒

而此如

佳节良宵

冀君甚

可否漏留一目倩巧

或许

你正仰卧在云端

枕着一抹金桂的芬芳

饮着风儿带来的琼浆

赏着一片

满地苍茫

或许

你正流连在林间

牵着一泓晶莹的清泉

品着青泥揉成的月饼

听着一曲

轻吟浅唱

但你缘何

缘何披戴了黑蒙蒙的面纱

缘何冷落了颤巍巍的凭阑

但你缘何

缘何走进了白茫茫的晨曦

缘何抛下了泪盈盈的仰望

但你缘何

缘何迈出了急匆匆的脚步

缘何怠慢了静悄悄的留待

夜浓处，风啸时
雨骤落，花蓦朽
森森惨白，泠泠弦音
夜旖萧萧，明曦靡靡
墨韵依残，晓幕难编
迷离惝恍
一埃的灵魂
贯穿了整个世轮
坠入你漆黑的瞳眸里
深不见底
黯黯拢帘
经年未有满婵娟
而你何曾念世人
而又含笑归去

魅力上海

彭四瑶　上海市华川中学

当清晨的第一缕阳光
为明珠塔尖描画明媚
黄浦江睁开她波光粼粼的眼睛
我知道，那就是魅力上海

当春天的第一阵暖风
为人民广场刷上新绿
鸽哨悠扬的蓝天下
孩子们欢笑奔跑，放飞着青葱梦想
我知道，那就是魅力上海

当夏天的第一场豪雨
为金茂大厦洗去酷热
城市的晶莹剔透里
依然闪动着无数安全帽的身影
我知道，那就是魅力上海

当秋天的第一粒稻谷
为广袤田野增添醉意
乡村的宁静温柔里
勃然升腾着万千农人的簇新希望
我知道，那就是魅力上海

当冬天的第一片雪花
为朴拙拱桥绣上诗意
古镇的清远祥和里
悠然荡漾着亘古江南的似水柔情
我知道，那就是魅力上海

当夜晚的第一束灯光
为外滩建筑点燃靓丽
黄浦江闪烁她如梦似幻的眼睛
我知道，那就是魅力上海

倾听

董斌　上海市宝山中学

静静地倾听
此时此刻我已经听到
你优美跳动的心声
我轻轻地抚慰着你那伤感的心灵
一江春水
在浩渺的大海中
才能掀起真正的波澜
点点繁星
在浩瀚的宇宙中
才能展现它们的光辉
花开花落，巨木凋零，种子萌发
生命周而复始，永不停息

快乐起来吧！朋友
你是江河之水
跌宕起伏是你精彩的人生
你是一颗星
无尽的黑暗衬托出你的华丽
你是美丽的鲜花
盛开时高贵，凋零时从容
努力去扫清你心中的阴霾吧
我爱那个快乐的你
那个阳光的你
你的歌声多么动听
你的笑容多么美丽
你的心声我在倾听
静静地倾听……

落雨

黄宇晖　上海市市北中学

雨丝轻洒大地
将万物的污秽
通通都荡去
留下
那一片片
映照着天使脸庞
的水洼

短章

李蕴　上海交通大学附属中学

（一）

你说窗外的千纸鹤
是痛苦，是孤独的化身
因为幸福
永远飞不进窗内

（二）

把风禁锢在高塔上
他想独自占有风
但越是无形
越难受控制
风的心向往世界

江 南

陈仕平 上海市人同中学

走遍城市的所有甬道
我在寻找你的影子

太阳总是以 45 度角照耀
小花猫蜷缩着
老奶奶躺在竹椅上
阳光在沟壑般的皱纹间流淌

一棵开满红花的榕树
小桥下流水缓缓前行
一定会有一个飘着轻纱的窗口
探出一个如花的容颜

走遍小城所有的甬道
我在寻找着你的名字

黄昏在眼里飘落
还是千年前的那缕阳光吗
像一首无题的古诗
但我只是个过客

会泽古镇遇雨

陈梦一　北京师范大学第二附属中学

湿滑的石板路是破损的磁带
录下千年呢喃的跫响
过客归人均成昨
斑驳矮墙爬藤萝
夜雨潇潇勾勒出我的轮廓
甩掉油伞，让她在夜空飞舞如花
湿透吧，湿透吧
明日好把太阳的口红挥霍

阿尔温的守夜

顾卓扬　上海师范大学附属中学

暮光渐渐隐入黑暗，
海面上独留孤寂的悲帆；
漫长的夜踏雪而至，
触及的恐惧也随风来临。

窗外的风，凛冽的雪，
低语着，诅咒着。
人们的手，他们的臂，
相拥着，抚慰着。

妄想着靠仅有的温暖熬过这一夜。
天空中一颗星亮了，
温婉的光笼罩着小镇。
颤抖中人的眼亮了，
好奇的眸眺望着星辰。

那是一颗永远闪耀的暮星，
驱散这黑暗，不让恐惧降临。
那是一颗庇护众人的暮星，
怀抱着人们，直至晨曦降临。

一抹微光，洒过天际，
幸存的人们却追寻着那颗星。
曙光来了，
那颗星走了。
一夜终了，
阿尔温的守夜，结束了。

桃花源

周静　上海市建平中学

碧波涵空
群山无处不飞红
比桃花更红的
是《赠汪伦》超越了时空

山光水色，万山葱茏
诗仙是浪漫的
泾县的竹海丛丛
也铮铮称雄
端千杯醴酒
让后人一醉千秋

水潺湲
友情流淌不休

古韵悠长

故人

董竹筠　上海交通大学附属中学

风卷新柳刷旧门，
堂前老燕唤故人。
一年歌烬残阳谢，
空余繁音落几声。

园中新赋

王婉璐　上海师范大学附属中学

青云抱门翠，
红花一架行。
菊黄秋意晚，
依旧七里香。

杂感

叶宁轩　上海市延安中学

（一）

万点星芒，不敌一线阳光。
一抹娇羞，胜过姹紫嫣红。

（二）

我愿将心献明月，明月勿要照沟渠。
溪水三千一瓢饮，森林连绵一树栖。
欢莺扰扰惹人笑，秋水望穿雨潇潇。
拟把灵犀藏首句，只愿伊人懂我心。

（三）

人来人往日复日，花开花谢年复年。
世事变迁难预料，草木枯荣又一春。

圆明园荷花

陈天陆　上海外国语大学附属外国语学校

擎碧接天百亩塘，名园一入去江乡。
因生北地花还怯，已惹初来人欲狂。
佳色少舒慵昼署，骄阳高举炙红香。
宫城闭后秋深处，风雨谁知水殿凉。

147

暑中暴雨即景

陈大陆　上海外国语大学附属外国语学校

斜光沉处歇鸣蝉，坐帐挥蚊耐暑炎。
铁壁訇然开永夜，银钩倏尔照青天。
乍惊冷雨敲穿纸，转见狂飙吹卷帘。
任彼高楼风四起，今宵于榻可安眠。

上海落日

陈天陆　上海外国语大学附属外国语学校

风摇落木卷高轩，漠漠行空雁尾连。
一带秋云来海上，半轮白日坠楼边，
孤城明暗昏无际，众壑阴晴各有千。
望极熔金合璧处，余晖渡口上墟烟。

兰陵曲

王婉璐　上海师范大学附属中学

风华难掩愧红妆，形貌昳丽曲朝阳。
芝兰玉树一何谁？光风霁月兰陵王。
洛阳紫陌马蹄响，衣袂翻飞修竹香。
面具犹遮临江影，花中少女尽彷徨。
晋阳孤城落日尽，雁字姗姗带霞光。
鼙鼓连天狼烟起，万马千军踏沙场。
剑影刀光横交错，阳关唱断泪满裳。
旌旗得胜西北望，梨园弟子欲唱和。
始作兰陵入阵曲，钟磬之声步凌波。
兰陵一曲绝天下，兰陵一战震山河。
世间英雄皆少美，惟有兰陵倾城色。
漠北秋风卷霜草，胡儿眸中泪婆娑。
将军不到玉关远，浮云蔽日衔青山。
浅空流霞南飞雁，残阳如洗望碧川。
长街长，短亭短，繁华散尽人未还。
此去千年影缭乱，我独怜之心犹寒。

如梦令·无忧

顾非凡　上海市格致中学

　　课前口水挂袖，课后睡意未休。试问学子们，却道乐趣依旧。缘由，缘由？少年不识其愁。

151

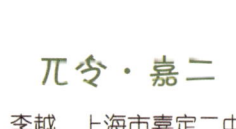

兀令·嘉二

李越　上海市嘉定二中

　　槎浦亭前春正早，晓华轻罩，白鹤临风啸。想灯影流连，几度弦歌杳。犹记往日昌草，却顾琴音绕，任碧晓萱草。

　　克俭楼旁青杏小，李园花好，竹海新林道。念默默丁香，静守崐岗坳。访近知状元桥，格物修身妙，雨凤林尘扫。

水龙吟

张正涛　复旦大学附属中学

蜀山千里缱绻，天涯流云如隙。算来都是，时思漂泊，时兴归意。孤径断处，征鸿归去，烟草历历，将音书枉寄，又何时省，当年梦、谁人记？

都道山川险恶，恐路遥马不及。不及也罢，固失乡关，寻家千里。千古同是，长歌载酒，何必戚戚。往事皆尽了，风尘犹伴，文章天地。

水龙吟

王孙圳　上海市复兴高级中学

微风萱草绯云，漫随蚕纸轻尘聚。烟波画角，江城惊梦，落英无数。千嶂江山，周旋都尽，阳春曲暮。叹天涯芳草，斜阳灯影，依然是，白纻舞。

十二阑干细雨。问斯年，流光何去，曾登临久，凭阑杆处，萦怀几许。待重游，岭上桃花谢了，可观飞絮。

子瞻有疾

尤佳嘉　上海市五爱高级中学

　　子瞻有疾，名为相思。相思悲，悲从中来忆往昔，乌纱紫矜，平步青云，谁人料，坠乌台。心寒寒分，如履薄冰。

　　子瞻有疾，名为相思。相思苦，苦尽甘来看今朝，芙蓉菡萏，翠莲香晚，无人知，乐逍遥。心悠悠分，暖风拂青衣。

　　朱颜已随逝水去，深切衷情无处消。浩荡苍穹，水远山长，寄情天地，恣意遥望。桂櫓兰桨，水雾缠烟，月明星稀，柳色醉花叶。

　　茕茕孑立渡江上，碧波空明影成双。望穿秋水，红豆花开，失意忘，悲思枉。弃离愁，浅酌美酒，自在漫吟《逍遥游》。

图书在版编目（CIP）数据

青春如雾：高中生的诗情画意／王意如主编．--
上海：华东师范大学出版社，2019
ISBN 978-7-5675-9142-4

Ⅰ．①青…Ⅱ．①王…Ⅲ．①诗集－中国－当代
Ⅳ．①I227

中国版本图书馆 CIP 数据核字（2019）第 076487 号

青春如雾
高中生的诗情画意

主　　　编	王意如
执 行 主 编	范少琳
执行副主编	陈　瑶
责 任 编 辑	曹祖红
审 读 编 辑	曹　琛
责 任 校 对	陈　易
装 帧 设 计	施雅文

出版发行	华东师范大学出版社
社　　址	上海市中山北路 3663 号　　　　邮编　200062
网　　址	www.ecnupress.com.cn
电　　话	021-60821666　行政传真　021-62572105
客服电话	021-62865537　门市（邮购）电话　021-62869887
地　　址	上海市中山北路 3663 号华东师范大学校内先锋路口
网　　店	http://hdsdcbs.tmall.com

印 刷 者	杭州日报报业集团盛元印务有限公司
开　　本	890×1240　32 开
印　　张	5.375
字　　数	87 千字
版　　次	2019 年 7 月第 1 版
印　　次	2019 年 7 月第 1 次
书　　号	ISBN　978-7-5675-9142-4/I·2044

定　　价	32.00 元

出 版 人	王　焰

（如发现本版图书有印订质量问题，请寄回本社客服中心调换或电话 021-62865537 联系）